KB113478

타이피스트

타이피스트

김이강 시집

민음의 시 250

민음사

바르면 반짝이는 로션을 발랐더니
누군가 와서 내 팔에 얼굴을 비볐다
반짝이는 얼굴에
내 얼굴을 비비고

2018년 8월
김이강

차 례

1부

2부

3부

1부

안개 속의 풍경

거대한 손이었던가?

공을 받치고 있는 손이었나?

K가 묻는다 그러나 우리 모두 기억하지 못한다 그것은 손도 아니었고 설령 손이었다 해도 그것이 공을 받치고 있을 이유는 없다 그렇지만 이상하게도 생각할수록 그것은 손이었음이 분명해지는 것 같고 그 거대한 것 위에 더욱더 거대한 공이 한 덩어리쯤 올려져 있었다 해도 어색할 까닭이 전혀 없게 여겨지는 것 같았다

그러니까 그 거대한 것이 정말 손이었다는 얘기지?

우린 아직 아무런 말도 하지 못한 채 날이 기우는 것을 바라보고 있다

등대로

— 304낭독회에서

성훈이가 걸어간 길을 잊을 수 없다. 가벼운 그 애가 나를 업고 걸었던 길. 모래사장은 없고 부두만 이어지는 바닷가 마을. 그가 말했다. 면접관이 키틀러를 히틀러로 오해했어. 키틀러를? 히틀러로? 말도 안 돼. 그가 고개를 끄덕였다.

면접관을 내가 죽여줄까? 그가 웃는다. 정말이야. 응? 말해 봐, 너의 말. 그가 웃는다. 나는 그의 등에서 내려가야 한다고 생각한다. 그의 웃음은 어떤 것일까. 그러나 내려가지 못한 채 바다가 멀어지고 있다.

성훈이가 걸어간 길을 잊을 수 없다. 나래의 생일 꽃다발을 들고 있던 날. 나래의 엄마가 된 정은이의 손을 잡고 오래 멈추어 있던 길. 벚꽃이 지려나 봐.

나래 나래 하며 걷는다. 그가 말한다. 나래 나래. 내가 말한다. 나래 나래. 그의 어깨에서 정은이의 머리칼 향기가 나래의 향에 섞여 들어온다. 눈길에 후드득 떨어진다. 그런 것을 사람들이 오래 바라본다.

사람들이 오래 바라보는 일을 잊을 수 없다고 그가 말한다.

그가 나를 업고 걸어가는 길.

우리가 걷는 길. 결국 면접관을 죽이러 가게 될 것이다. 면접관이 피 흘릴 것이다. 돌을 매달아 멀리 던져 버리자. 그가 웃는다. 부두에 바람이 불어 내 머리칼이 성훈이를 자꾸만 간질인다. 그가 웃는다. 가벼운 그 애의 등에 대고 말한다. 그러자 그도 말한다. 바다가 넓어지고 있다.

태양이 밀려드는 바다

여러 겹의 꿈으로부터 여러 번 탈출에 성공한 네가 내 곁으로 다가와 앉았다. 이번 것은 내 꿈이야. 나는 생각했지만 아무것도 통제할 수가 없었고. 검고 하얗고 고요한 너의 윤곽 안으로 한 번도 본 적 없는 무늬들이 가득 찬다. 피부일지도 옷일지도 모를 무늬를 접었다가 펼친다. 태양이 밀려드는 바다. 너는 눈을 감는다. 나는 네가 노래하는 것을 들을 수 있다. 너의 목소리 속에서 슬프고 아름다운 이야기들을 발견해 낼지도 모른다고 생각한다. 그렇지만 태양이 밀려드는 바다. 너는 말이 없고 너는 눈을 뜨지 않고 너는 자꾸만 내 주변을 맴돌아 붉게 물들이고 있다. 네가 밀려드는 바다. 그런 바다는 새롭게 쓰여지고 괴로운 역사처럼 거듭되지만

태양이 밀려드는 바다. 눈을 감으면 밀려들어 온다.
나는 이 꿈에서 탈출하지 않는다.

길 언덕 그리고 타워

이쪽으로 와.

그 애는 차갑고 마른 손가락 몇 개를 사용하여 내 옷깃을 끌어당긴다

나는 그 애의 이쪽에 선다

이를 치료하는 일은 끝났니?

아니. 엉망진창이야. 끝나지 않을 거야.

그 애가 담배를 꺼내고 우르르 쏟아져 나오는 사람들

사람들에 밀려 우린 길을 건넌다

길 건너에는 언덕 그리고 산 그리고 타워

타워로 가는 길엔 이상한 공기가 있고 돈가스 가게들이 있지만

우린 회현에서 만나도 타워엔 안 가지? 그렇지, 안 가지.

그렇지만 타워로 가는 길엔 계단이 있고 전망대가 있고

전망대에 선 사람들은 아래를 내려다볼 것인데

아래에 선 사람들은 전망대를 올려다볼까

언덕 아래에서 우린 케이블카가 오가는 것을 올려다본다

타워를 올려다보고 전망대는 보이지 않는다
무언가 쏟아질 것 같지만
아무것도 없다

*

이쪽으로 와.
나는 다시 그 애의 이쪽에 선다

역 앞에서
그 애의 엉성한 치아가 빛난다

메리언배드

지난여름 광합성에 대해 생각한다
마리앙바드에 갔지만
마리앙바드,
하고
마리앙바드,
하니
그저 마리앙바드에 닿았고 여름이 되었지

그것이 바로 지난여름
마리앙바드
마리앵바드
마리앤배드
메리언배드
마리안스카

*

젊음이 지속되고
우린 늙지 않아

끝없이 접근해 갈 뿐

그렇지만 이런 말은
혁명에 위배된다고 하겠지

한 번도 꿈꾸어 본 적 없는 단어들이
너를 지배하고
나를 지배하고

한 번도 사고된 적 없는 단어들이
옷을 입고 서 있구나
내가 사랑하는 푸른 털옷 모양으로
아니면 단추가 여덟 개나 달린 검은 코트

북극의 사람들은 북극곰의 털로 만든 옷을 입고
해변의 젊음들은 바다를 입고

*

그렇지만 지난여름
마리앙바드했던 일
기쁘고 슬펐지
그런 일들을 떠올리지
죽음들은 여전히 이어지고

그리 뒤죽박죽이진 않은 질서들 속에서
정연하게 거리를 걸었던 일

기린처럼
고개를 빼내어 보기도 했던 일

*

그런 후에라도 닿는 곳이 있다면
감쪽같이 사라져 버리고 만다면
마리앙바드

마리앤배드
메리언배드

해변의 작은 식당에서 우리가 했던 일

누군가 죽은 여름이었다. 나는 그가 만든 영화를 본 적도 있고 그가 쓴 책을 본 적도 있지만 그를 본 적은 없고 그의 딸이나 아들을 본 적도 없다. 텔레비전에서도 그의 얼굴이나 그의 아들딸의 얼굴을 끝내 보여 주지 않는다. 어쨌든 그는 죽었다. 이토록 더운 여름에 전화나 편지도 없이. 몇몇은 해변의 작은 식당에서 수영복을 입은 채로 떡볶이를 먹으며 그의 부고를 알리는 텔레비전 화면을 올려다보고 있다. 어째서 이 작은 식당의 텔레비전은 저토록 높은 곳에 올려져 있어야만 하는가. 목을 만지작거리며 본다. 이젠 더 이상 그의 영화도 책도 이 세상에서 새롭게 나올 일이 없을 것인가. 그런 것은 별로 슬프지 않다. 수영복에서 떨어지던 물기가 체온을 타고 말라 간다. 모든 것이 말라 간다. 태양이 이토록 뜨거우므로 우린 모래가 될 것이다. 모래도 말라 간다. 그 끝은 어디일까. 우린 우리가 상상했던 것의 실체에 대해 생각해 보지만 아무래도 저 텔레비전은 너무 높지 않은지, 그런 표정으로 모두가 동시에 서로를 바라보았다.

그 빛에 입구가 있었다면

— 이상(李箱)의 집에서

박물관 입구로 들어가는 길
이상하게도 사람들은 길가에서 입장을 머뭇거리고 있었는데

구불구불하게 이어진 길 끝에 있던 거대한 흉상이
간밤에 파손되었다고

신문엔 왜 그런 기사가 나지 않았지?
생각하는 동안 사람들이 흩어지고

우린 다시 길을 걷는다
여러 겹의 벽과 여러 겹의 의자들이 나타났다 사라지고
입구로 들어가는 길이 끝도 없이 이어진다

흉상은 어디에 있다는 거지?
이미 통과해 버린 건 아닐까?

*

날이 캄캄해지고
불 켜진 박물관 창들이 멀리서 빛난다

어둠 속에서
우린 마치 한 발자국도 걷지 못했던 것처럼
길 가운데 놓인 거대한 철문을 바라보고 있다

나는 어떻게 걱정을 멈추고 폭탄을 사랑하게 되었을까*

애인이 손을 따 주었습니다
체했거든요
아름답고 따뜻한
겨울밤이었습니다

애인은 바늘로 찔렀습니다
엄지손가락에서
피가 날 만도 한데

애인과 나는 깔깔깔 웃었습니다
엄지손가락에 송송송 구멍만이 남았거든요
아름답고 따뜻한
겨울밤

우리가 어떻게 이곳에 왔을까요

나는 배가 아프고
애인은 나 대신 바늘을 먹고 있네요

우리의 시간이 수천 일째
바늘을 먹고
아름다운 폭포수와 바위를 생각합니다

나이가 들면 공원으로 가게 될까요
아름답고 따뜻한
폭포수의 밤

* 밴드 트위들덤의 곡 제목을 빌림.

고릴라와 함께

극장 문은 열려 있고
고릴라 한 마리 한가운데 앉아 있다

지겹고 졸린 영화를
고릴라와 내가 본다

고릴라의 털에서
튤립 향이 난다

튤립이 아니고 국화요.
국화요? 아닌데요. 분명히 국화는 아닌 것 같은데요.
우린 서로를 바라본다 스크린 속에서는 인명 구조대원이 하루 종일 높은 곳에 앉아서 책을 읽는데 잠시 들어온 극장에서 우리가 왜 이럴까

그러오?
네. 아니요. 국화일 수도 있고요. 모르겠어요.
나도 모르겠소.

나도 모르겠소
자꾸 발음해 본다
나도 모르겠소
그런 말을 하며 살아야 하는데

그가 날 보고 옳게 웃는다
양지바른 곳이란 어떤 걸까요? 당신도 아직 모르겠군요. 생에서는 알 수 없는 것이니까요. 당신은 어떻게 퇴장하나요? 네 발로? 아니면 지팡이를 짚고? 어디로 가나요. 제가 좋은 바를 알고 있어요. 거기 사장님이 선곡을 끝내주게……

그러자 고릴라
한 손으로 내 한 손을 잡고
바람 부는 스크린을 가리킨다

우리 모두가 알던 불빛 같은 것이 반짝인다

정말로

모두가 알까?

고릴라와 함께
끝없이 올라가는 크레딧을 바라보는 일

정말로
그런 일

센느

괜찮아, 그는 괜찮아.
네 비밀을 지켜 줄 거야.

나에게 거짓말을 늘어놓는 그를 오늘 밤 처리할 것이다. 세상으로부터 격리시킬 것이다. 그렇지만 센느는 이미 죽어 강으로 돌아갔고 그 일은 돌이킬 수 없는 일이다. 며칠 후면 하류에서 퉁퉁 불은 시체가 되어 떠오르겠지만 아무래도 상관없다. 경찰이 우리 집을 찾아온다 해도 상관없다. 거짓말쟁이를 처리한 후 그것만은 완전무결하게 비밀로 남겨 버리고 말 것이다. 센느의 죽음을 위해 그렇게 할 것이다.

오후에는 문을 열고 들어갈 것이다. 해가 뜨겁게 쏟아지는 곳에 앉아 커피를 마시며 얼굴을 까맣게 태울 것이다. 우린 그런 곳에서 자주 글을 바꾸어 읽는다. 너의 글은 먼 과거로 갔다가 우주로 갔다가 돌아오지 않는 현재, 내 앞에만 잠깐 나타나. 너는 천재야. 너는 미쳤어. 나는 너에게 실컷 분풀이를 한 후에 말한다. 조금 더 그럴싸하게 쓸 순 없니? 센느는 태우던 담배를 하염없이 바라본다.

그렇지만 센느보다도 미친놈은 수잔느다. 그는 매일 밤 나에게 고백하고 매일 밤 센느를 모함하며, 매일 밤 센느를 죽인 나를 위로한다. 나는 그를 후려치고 관자놀이에 과도를 꽂고 말한다. 고마워. 너라도 있어 다행이야. 센느는 언젠가 강에서 작은 머리와 긴 팔다리를 드러낼 것이다. 나는 수잔느에게 말한다. 내일은 센느에게 스키를 타러 가자고 할까?

스키? 넌 지금 발목뼈에 금이 갔고 우리 모두가 너에게 매달려 있는데 어떻게 스키를 타러 가? 잡지를 뒤적이느라 조용하던 쿤이 말한다. 그 녀석만은 정말로 믿을 수가 없다. 무슨 말이야? 발목이 부러졌던 것은 삼 년 전이잖아. 너 정말 돌았니? 내 말에 모두가 조용하다. 미친놈들. 모두들 담배를 내려놓고 깔깔댄다. 그 모습을 한참 바라보다가 일어서서 돌아왔다. 발목이 아프다.

내 비밀을 지켜줄 리 없다. 오늘 밤엔 처리할 것이다. 센느 따위와는 상관없다. 나는 책상 위에 쌓인 수잔느의 그림이라든가 쿤의 악보들을 바라본다. 나를 좀먹고 있는 쓰

레기들을 오늘 밤 모두 불태울 것이다. 재를 강에 뿌릴 것이다.

센느의 시체가 떠오르는 장면을 보러 갈 것이다.

커피를 마시는 우리들의 얼굴이 모두 새하얗다.

기우

이해할 수 없는 여름이었다. 여행지 도로에 운동화 바닥이 녹아서 눌어붙은 일. 그것이 남긴 발자국들이 과자처럼 길을 안내해 준 일. 결국에는 지나가는 버스에 올라타서 잠이 든 일.

부두에 앉았을 때 당신은 그 낡은 운동화 한 짝을 테트라포드 틈의 어둠 속으로 밀어 넣게 된다. 그사이 태양이 수평선 아래로 가라앉았는데 그것은 저 아래로 무엇인가 다시 솟아오르고 있다는 뜻이었다.

뒤편에는 중년 부부가 개를 데리고 벤치에 앉아 있다. 아름다운 것은 왜 아름다운가. 당신이 한번 말해 봐. 당신이 좋아하는 것. 그런 법칙 말이야.

그러자 당신이 혼자서 중얼거리는 일. 혼자만, 그럴 수는, 없어. 방파제의 어둠을 향해 깊숙이 허리를 숙였을 때 희고 푸르게 드러난 당신의 등을 슬며시 밀어 보고 싶었던 일. 걱정 마. 몇 시간 후엔 도심에 있는 타워로 가서 커피도 마시고 운동화도 사자.

얼마 후에 우린 예정되었던 일처럼 비행기를 놓치게 되고 공항에서 여러 시간을 체류하게 된다. 그저 몇 시간일 뿐이었는데 여름이 자신의 꼬리를 감추며 몸을 웅크리고 있다.

코르크 마개

투명한 유리 속에서
헤엄을 쳤다
유리 속은 투명하고
물속은 더 투명하고

투명한 상자 속에서 너는
무심결에 녹아들어 가
물속에서 만난 투명한 친구들
친구들은 안녕한가 묻는다

안녕이라고 한다면
안녕이란
안녕이란 무엇일까
뜨겁지도 투명하지도 않은

깊이도
넓이도
없는

투명하게 훼손된 그 속에서 너는,
그리고 너는, 그리고 또 너는
풀리지 않는 커브를 맴돌고 있어

슬로바키아로 가는 길목의 누드 비치

체코에 대해 생각하느라
그보다는 밀란 쿤데라에 대해 생각하느라

아니 그보다는 쿤데라의
아름다운 두 줄짜리 약력에 대해 생각하느라

자전거를 타고 국경을 넘는다
그런 길에 누드 비치가 있다니

넣었다가 꺼내어 햇볕에 말린
아름다운 구릿빛 입자들이 움직이고 있다

*

하얗고 깨끗한 해변에서
밀란 쿤데라를 생각하느라 여러 번

입자들을 햇볕에 말렸다가 지웠다
나는 어쩌다가 이런 일에 감염되었을까

해변에는 아직 타오르지 못한 입자들이 움직이고
아름다운 두 줄짜리 약력만이 연인처럼 누워 있다

낮과 밤 그리고 멈추어지지 않는 것들

이웃들이 왔을 때 나는 어둠 속에서 토마토를 다듬고 있었다 거대한 어둠이었다 토마토는 익히면 무언가 강력해진다고 어디선가 들었던 일을 떠올렸고 프라이팬이 있고 잘 구워져 부드럽게 핏빛이 도는 고기가 있고

어둠 속에서 토마토를 다듬다가 엄지손가락을 베었지만 그것은 아무 일도 아니었다 이웃들이 우산을 쓰고 두루마리 화장지를 들고 오고 있다는 것을 까맣게 모른 채 나는 엄지손가락을 닦았고 빛이 있고 어둠이 있고

어떨 땐 토마토도 핏빛도 모두 검어지는 어둠 그런 어둠을 뚫고 마침내 식탁이 완성되고 우산을 털며 내 이웃들이 도착했을 때

양초가 켜지는 가운데
우리들의 얼굴이 반짝거리는 가운데

어둠 속에서 우리는 각자 남쪽으로 동쪽으로 그리고 서쪽으로

고개를 향한 채 거대한 접시들이 녹아내리는 광경을 바라보고 있다

바다가 보이는 주유소

이 세상에서 너의 묘사를 더 이상 발견할 수 없을 때까지
나는 걷기로 했어

*

눈이 아주 가늘었겠지 아마 그랬을 거야
낮의 주유소에서 마주쳤다던
네가 묘사한 적 있는 그 사람

마르고 파란 파도들이
어깨 너머로 넘실대는

바다가 보이는 주유소 같은 걸 생각하면
눈이 감겨
하늘이 파래져

*

튜브 타고 놀았지

모두의 한여름에

바다에 안겨서 따뜻했지

여러 해가 흐르면 차가운 겨울이 되고
에릭 로메르나 밀란 쿤데라 대신에
정지돈이나 르 클레지오를 내밀게 되지만

그런 이야기들은 또 흘러가고
흘러가고

*

이봐, 힘을 내 봐
너를 살려 봐

이런 이야길 하게 되었지 나는

권태를 맞이한 연인처럼

며칠 지난 너의 메시지를 두고 오래 망설이며
네가 싸우고 있는 것
그런 병마에 대해 알지 못한 채

남은 활자들을 들여다보며
네 이야길 상상하지

*

너의 묘사들은 모두 강원도의 바다로 몰려갔다

오래된 보트를 타고 나가서
돌아오지 않지

나는 걷기로 했어
그게 무슨 뜻인지는 우리도 모르지만

바다가 보이는 주유소
그런 곳으로 가는 길

석양의 버스

버스 탈 수 있을까.

눈이 어두운 사람들로서
고개를 한껏 꺾어서 올려다본다

그래 봐야 같은 서울인걸.

정거장 표지판에 붙은 노선도를 보는데
해가 지고 있다

부고도 없는데
누가 죽은 것처럼
버스 한 대가 지나간다

2부

지금은 양파

반짝이는 양파

달천 언덕에서 해풍을 맞고 자라
저렇게 예쁘고 반짝인다는데
아무래도 아니지 달천 언덕에서
바다 보며 자라 그렇지

육지 달천에서
섬 달천을 향한 언덕에 앉아
양파가 되어 생각한다

반짝이는 양파

양파가 될 수 있을까?
모르겠어, 일단 지금은 양파

양파들의 눈빛에 내가 대답한다

코르크 마개

1

1937년의 겨울이 지나간다 그들은 동경으로 가지 않았고 다방에도 들르지 않았으며 서울로도 돌아가지 않았다

2

크리스마스가 되기 61주 전 그들 중 한 명이 일본으로 간 적도 있었다 그곳에서 무슨 일이 있었는지 아무도 알지 못한다 제이의 말로는 그가 동경으로 간 것이 아니라 사실은 시모노세키의 항구에서 내리지 않고 회항했을 거라고

회항이 맞다면 지금쯤 서울에서 케이를 만나고 있을지도 모른다 그는 회항의 회항을 거듭하여 고국도 동경도 아닌 곳으로 가서 원주민들과 함께 지내다가 아이를 낳고 살고 있을지도 모른다

그들은 추측의 추측을 거듭했고 아무런 단서도 찾지 않은 채로 그해 겨울을 보냈다

3

전쟁이 지나고 나자 그들 중 몇은 사라졌고 남은 몇은 부산에서 재회했다 그러자 서울에서 케이를 만나고 있을지

모른다는 추측이 무효해졌다는 사실이 확인되었다 케이는 이미 사라진 지 오래였다 1937년의 추측들이 하나둘씩 소용없게 되었고 이번에는 단서들이 이곳저곳에서 하나씩 둘씩 꿈틀거리는 것이 느껴졌다

유혹들을 뿌리치고 몇이 서울로 돌아갔다 다방에도 들렀다 동경으로도 가고 아메리카로도 갔다

4

숙성된 단서들이 맛과 향을 더해 가고

5

1937년의 겨울이 오기 전에도 그들 중 몇이 사라졌던 것처럼 이후에도 사라졌고 사라짐을 거듭했다 거듭을 반복했다

누군가 기침을 하자 한꺼번에 시간이 회전하기 시작했다

서늘한 식당에서

서늘한 식당에서 기다렸다 우리의 다음 책은 무엇일까 나는 네가 조금만 더 늦게 깨어나길 기다리고 있다 깨어난 네가 이곳으로 더 늦게 걸어오길 네가 오지 않는 동안 우리가 가진 모국어의 그늘이 책들 사이로 스며든다 모국어를 함께 쓴다는 것 차라리 모자를 함께 쓴다고 할까

서늘한 곳에서 나는 너를 기다리고 너의 모자를 기다리고 태양이 멀어지고 자전거가 지나가고 기다란 옷자락을 펄럭이는 일 기다란 생각 속에서 포크나 나이프가 접시에 부딪히는 일 소리들이 느릿느릿 나타났다가 사라지는 일 이 식당은 꼭 흐린 꿈속 공간 같다 아무도 말을 하지 않는데 모두가 대화하고 있어

나는 몸을 펴고 걸어 본다 서늘한 곳이 나를 기다린다 내가 돌아오기를 조금 늦게 오기를 기다릴까 종업원들은 나에게 자꾸만 물을 더 마시라고 말한다 물이 끝없이 우리를 기다릴지도 몰라 나는 물을 마시다 말고 찢어서 뭉쳐 놓은 생각 위에 뿌려 준다 너는 언젠가 자랄 거야

흐린 꿈속에서 헤매는 동안 너는 조금씩 선명해지고 우린 어쩌면 영영 만나지 못할 것이지만 오늘과 내일의 사이, 그런 것이 있다면 오늘과 내일을 모두 먹어 치워 버리고 말겠지 그러는 사이에서 너는 다시 흐려지면서 다가오는 것

늦어지는 사이에 이미 지나가 버렸던 것들이 창밖에서 반짝이고 있다 나는 네 몫의 식사를 주문해 놓는다

극장 앞에서

옛날식 극장 간판을 올려다본다
극장 앞 풀밭에서
줄을 선 사람들이 따뜻한 오후 해를 받고 있다

옛날식 극장 간판을 올려다보는데
얼굴 위로 자꾸만 무엇인가 떨어진다
고개를 숙이면 뒤통수 위로
손을 올려 가리면 손등 위로

오후 해를 받던 사람들이
하나둘 그늘로 피해 간다

담요와 양산
은박지에 말린 김밥이나 라디오를
풀밭 위에 남겨 두고 사라진다

나뭇잎들이 그늘로 고개를 들이민다
극장에선 영화 상영이 지연된다는 소식을 알리고

오늘 이 영화를
기다릴 것인가 말 것인가
손등이나 뒷머리를
만지작거린다

바위산

그 집은 대문이 하나였다 왼쪽으로 가면 현이네 집 오른쪽으로 가면 시완이네 집 시완이네 집 쪽으로 맨드라미 현이네 집 쪽으로 봉숭아

그렇게 피어 계절이 오가던 때였기도 하고 메워진 연못 위로 커다란 빌라가 들어서고 자꾸만 사람이 죽던 도로 위로 육교가 들어서고 그러기보다는 오래전이었다고 해야 할 것 같기도 하고

현/시완네 집까진 우리 마을인데 으슥한 그 집부턴 우리 마을 같지가 않고 숨바꼭질이나 잠자리 잡기도 현/시완네 너머로는 가 본 적이 없는데

어느 날 그 애가 죽었다는 소문을 들었을 때 알았다 그 집은 경이네 집, 도무지 말도 잘 못하면서 입은 하얗게 벌려 웃고 듬성듬성 걸어 다니던 경이네 집, 커다란 나무 아래 서서 소리 지르며 달아나는 아이들을 가만히 바라보던 경이네 집

늦은 밤 바깥에서 띠— 띠— 띠디딕 하는 소리가 들려 슬그머니 대문을 열었던 날, 누군가 동네를 천천히 돌아다니는 것을 보았던 날, 그만 우주인인가 싶어서 문을 쾅 닫

고 숨어 버렸던 날, 그 우주인이 바로 경이가 아니었을까
길을 잃어버렸던 경이가 아니었을까
  현/시완네 집으로 아이들이 더 이상 몰려가지 않게 된 날, 한적한 경이네 집도 팔리던 날, 맑은 날이면 보이던 거대한 바위산이 경이가 타고 날아갈 우주선이었다는 것을 알게 된 날

경이의 커다란 웃음을 떠올리다가 문득 알았다
안녕, 이라고 말하는 그 입술을

안녕, 안녕, 안녕
세 번 외치면
바위산이 천천히 내려와
경이가 내릴까
우리가 올라탈까

맑은 날이면 보이던 것을
경이가 그동안 어떻게 숨겼을까

생각하며 아이들이 공중을 보고 있다

나사의 회전

그 뼈 속엔 무엇이 있었을까

나는 할아버지의 머리맡에 서서 두개골을 내려다본다
저 아래로 하얗기도 하고 그렇지 않기도 한 무엇이 보인다

이 산에서는 벌 떼를 조심해야 하지만 오늘은 비가 오니 괜찮을까
비가 온 것은 어제다 오늘은 맑고 바람에 마른 흙이 흩날리는 날

할아버지는 꼼짝 않는다
꼼짝 않는 할아버지를 사람들이 통째로 들어 올리기 시작한다

미묘한 눈빛을 하고
분명히 어떤 속임수를 쓰고 있는데

아무도 발설하지 않는 가운데 태양이 타고 있다
벌 떼가 출몰할까

파헤쳐진 무덤가를 뒤로하고

나는 할아버지를 훔쳐 가는 어른들을 뒤쫓아 달리기 시작한다

정거장 가는 길

덜컹거리는 버스를 타고 도시를 달린다
양파를 얻으러 가는 길이었는데
도무지 정거장 이름이 생각나지 않는다
나는 다시 전화를 건다
엄마, 거기가 어디라고 했었죠?
예, 양파 얻어 오라고 하셨잖아요?
엄마에게 답을 듣고 끊었는데도
달리는 버스에서 내릴 수가 없고
벨은 닿지 않는 곳에 있다
다시 전활 걸어 볼까
맞은편에서 오는 버스 기사가
우리 버스 기사를 향해 손을 올린다

낮에는 구름을 구경했는데
밤에도 구름이 보여서 손을 흔들었다

The Typist

대낮 거리에 선 너의 목소리
깊고 넓었지
어깨가 잘린 채로 걸었지
소매는 없고
손은 더 없고
등 뒤에서
해는 따라오지
너는 따라오지
나머지 몸마저 잘리어 가는데
자꾸만 돋아나고
자꾸만 움직이는

깊고 넓었지
부수어진 나를
능숙하게 조립하는 너의 손

눈이 부셨지

하오의 문

당신은 잠에서 깨어난다 다른 누군가의 잠을 잔 것처럼 당신은 어깨가 없고 통증도 없다 열어 둔 커튼 사이로 아침 햇빛이 쏟아진다 당신은 맑은 기분이 든다

당신은 친구에게 전활 걸어 말한다 오늘은 어깨가 아프지 않아. 아주 좋아. 당신은 느리게 수화기를 내려놓은 후 침대를 빠져나온다 오늘은 직접 커피를 갈아 볼 수 있겠어 당신은 생각한다

이런 순간이라면 예전엔 음악을 틀어 놓곤 했었지 깊숙한 곳으로부터 오래된 수동밀이 먼지를 뚫고 나타난다 위태로운 길을 과속으로 운전하다가 절벽으로 떨어졌는데 살아남은 사람이 있대. 절벽으로 미끄러지더니 바다로 풍덩 들어갔다가 다시 떠올랐다지 뭐야. 당신은 이제 젊은 날의 일들을 이야기한다 마치 어떤 소설책에서 읽은 것처럼 멀고 흐리다

수신자는 누구인가 단지 당신 자신이다 가까운 일들은 어제 읽은 소설이고 오래된 일들은 오래전에 읽은 소설이다

생존자는 오로지 당신뿐이다 절벽과 바다 사이에 당신의 모든 것이 흩뿌려졌다 당신의 모든 것 죽은 몸들 얼굴들 당신의 위태로운 삶 주인공들은 모두 죽어 버린 이 길고 느린 마지막 장 커피를 마신 당신의 몸이 따뜻해진다 없어진다 당신은 이제 음악을 트는 대신 텔레비전을 켠다 텔레비전이 너무 크다고 당신은 생각한다

우리 집으로 좀 와. 삼십 년 전의 뉴스가 아직도 나오고 있어. 친구는 대답이 없다 당신은 얼굴을 파묻는다 이런 일은 너무 자주 반복되지 않았는가 당신은 내려놓은 수화기를 오래 바라본다

당신은 오늘이 이렇게 지나가고 있는 걸 모른다 햇빛이 바뀌어 가는 것을 모른다 당신이 품은 생각이 오래전부터 당신의 것이 아니다 당신은 외출을 준비한다 오후가 열릴 것이다

동거

책상을 들이고 나자 거실이 환했다

옅은 밤빛으로
추운 지방의 나무를 잘라서 정성스레 만들었다
추운 지방에서 자란 나무는 무엇에도 잘 버틸 것 같다
는 예감이 든다

거실 중앙에서 책꽂이로 가기 위해서는
책상의 측면들을 돌아야 하며
창가로 가기 위해서도 역시
모서리를 피하고 의자를 피하고
전선들이 발에 걸려
모든 것을 망치지 않도록
주의해야 한다

그것은 어느 정도의 기름칠을 해 주어야 하며
물걸레보다는 마른걸레로 닦아 주는 편이 좋을 것이다
손으로 쓸어 주면 가장 좋을까?

소파에 앉아서
책상의 표정을 본다
입체로 예감되는 책상의

한 표정이
공사 중인 옆 건물의 소음과
부딪치고 있다

거실이 환하다

푸르고 녹슨 밤

낯선 곳에서 그라고 생각되는 그를 보았다 사람들 사이에서 검은 코트를 입고 걷는 그를 코트 위로 떠다니는 푸른 중절모를 그것은 어느 나이 든 예술가의 중절모 많은 제자들을 거느린 중년 남자의 중절모 우리들의 클럽에서 탁한 공기를 함께 마시던 중절모 인사하는 우리들의 입술이나 귓바퀴에는 녹이 슬 것 같은 장신구들

어둡고 연기 자욱한 곳에서 무대가 조명이 촛불이 푸르고 녹슨 것들이 제의처럼 고갤 숙인 채 앉아 있는데 나는 보았네 그라고 생각되는 그를 바에 앉아 맥주를 마시는 그를 젊은 아이들이 등을 구부리고 앉아 있는 모습을 오래 바라보고 있는 그를

그를 향해 일어나 어떻게든 다가가 보려는 찰나 무대 위의 아이들이 연주를 시작한 찰나 그리웠어요 하고 말하려는 찰나 애처로운 얼굴을 자세히 보려던 찰나

내 녹슨 귀와 입술이 검고 깊은 곳으로 멀어져 가고 있음을 알았다
느리고 고요하였다

분수대 근처

분수대 근처에 동전들이 빛나고
너의 얼굴이 빛나고
네 얼굴 속 빛에 가득한 속눈썹

돌아가는 길은 왜 이토록 짧을까
네가 말하자 멀리에 다시 분수대가 보이고 동전들이 빛난다

얼마 전까진 이곳에 놀이터가 있었던 것 같은데
뒤돌아본 길 위엔 한 번도 본 적 없는 유리 의자가 놓여 있다

놀이터마저 투명해져서 안 보이는 건 아닐까?
생각하는 찰나에 짧은 길이 끝나고
동전들이 빛나고 너의 얼굴이 빛난다

오랜 시간 닫혀 있던 바위에
금이 가기 시작한다

헤겔의 안개

안내 방송에서는 아무래도 정자역을 말하지 않는다

아직 결정을 못 하는 모양이야.
누군가 말하고
헤겔은 안 된 모양이야.
다시 누군가 말한다

창밖엔 죽은 아이들이 모여 모닥불을 피우고 있을 것 같은 마을이 지나가고

청년 시절 헤겔은 아르바이트로 과외를 했고 친구들을 만나 공부를 하고 술을 마셨다
많이 마셨다 헤겔이 술을 마시면 어떻게 되는가 정신도 몽땅 마셔 버린다는 것이 그의 룸메이트가 내렸다는 결론이다

그러니까 우리 앞집 놈이 자꾸 자기 집 화단을 부수었다 만들었다 하는 것 말이야.
노신사가 다시 말한다

그런 것이 언제 멈추는가 하면……

그가 중요한 대목을 앞두었는데
지하철이 환승역에 멈추어 버렸다
사람들이 더욱 끈끈하게 붙어 선다

아직 멀었나?
사람들 틈에서 노신사가 다시 말한다
비로소 그에게 자리를 양보하는 일을 떠올리는 가운데
그렇지만 일어설 틈이 없다고 생각하는 가운데

안내 방송의 목소리가 드디어 정자, 정자역을 말했을 때
어디선가 누가 말한다

아니야. 아직 정자역은 남았어. 지금은 오리야.

폭포수는 국경을 넘고

체한 것 같아.
그가 말합니다
우린 자주 체한다고 생각합니다
어디에서 막히는 걸까요
신비롭습니다

막히지 않은 어떤 날엔
자동차를 세 시간이나 타고 바다로 나가기도 합니다
바다로 가서 그네를 타고 회를 먹습니다
그런 날이면 아름답다는 표현에 사로잡혀 있습니다
모델처럼 딱 맞는 옷을 입었다고 느낍니다

그렇지만 오늘 그의 옷은
도무지 판단할 수 없게 엉망입니다
자라나는 수염들이 얼굴을 덮어 가는 중입니다

얼굴을 덮은 그가
오랫동안 무언갈 생각합니다
단지 그랬을 뿐인데

어쩐지 사나워집니다
우리의 방이 비좁아지느라 어지럽습니다

비좁은 곳으로
소화되지 않은 말들이 모여들고 있습니다

자동차들이 도로에 가득한 저녁
벌금을 걷으러 나온 경찰들이 불빛을 깜빡이고 있습니다

낮과 밤, 그 밖의 날

처음에 그 애는 우리 집 문 앞까지 왔다 내가 다시 그 애를 따라갔고 그 애는 쩔쩔맸다
우린 작은 동네를 빙글빙글 돌다가 해 질 무렵이 되어서야 각자의 집으로 돌아갈 결심을 하였다

우린 숲속으로 가파르게 올라갔다
등이 매달린 곳 앞에서 그 애의 말이 메아리로 울려 퍼졌다
난 여기 살아.
난 여기 살아.
난 여기 살아.

정말 여기에 산다고? 어떻게 이런 곳에 살 수가 있지? 여긴 절이잖아
나는 아무 말도 하지 않고 그 애를 바라보았다
그 애의 불안한 눈빛이 등불을 따라서 흔들렸다

그런데 나 집에 어떻게 가지? 卍이라고 새겨진 목판이 나를 보고 있었다

그럼 내가 다시 산 아래까지 데려다줄게. 황혼 속에서
그 애가 내 손을 자기 쪽으로 끌어당겼다

낮이 끝나고 밤이 시작되고 있었다

끝없이 수영을 해서 먼 마을에 도착한 사람이 있었는데
다시 헤엄쳐서 돌아와 보니 집이 없어졌다는 거야. 꼭 우리
나라 전래 동화 같지 않니? 사실은 미국 소설인데.
그 애가 어둠 속에서 이야기했다
우린 다시 빙글빙글 돌기 시작하였다

먼 바다

먼 바다를 본다
먼 바다는 깊이가 없고
아이들의 삶에도 그런 것이 없고
언젠가는 평평한 널빤지나 마루가 될 것이다
언젠가 나는 마루가 될 것이다

3부

표지가 꽂힌 욕실

털을 괸 피아니스트 표지가 꽂힌 욕실
내부는 하얗고 깨끗하다
전에 살던 사람들은 이곳에서 칠 년을 살았다

내부에서 옷을 벗거나 입고
몸을 씻거나 닦고
변기 뚜껑을 열거나 덮는다

내부는 하얗고 깨끗해서
불빛이 환하다

그들은 칠 년 동안 살았고
화분을 가꾸고 강아지를 키웠으며
아이를 키워서 대학에 보내고
검고 커다란 소파가 낡아 가도록 내버려 두었다

처음에 이곳은 누렇고 때가 꼈으며
곳곳에 금이 가기도 했었지
금이 간 곳은 아직도 그대로인걸

저 표지는 어쩐지 나를 보고 있는 것 같아
어릴 적 집에도 화장실에 책이 꽂혀 있었던가?

양치를 오래도록 한다
하얗고 깨끗한 치아를 상상한다

나는 글렌 굴드를 꺼내 다른 곳으로 옮겨 놓는다

다리가 있는 강가

높은 곳에서 내려다보았던 다리가
앙상하게 빛납니다
물결이 빛나고요
가로등이 빛나고요
사람들이 걸어갑니다

높은 곳에서 내려다보았던 사람들이
동전을 던집니다
바닥에는 모자가 있고요
모자에는 동전들이 빛나고요
석상 하나가 슬픔에 차 있습니다

높은 곳에서 내려다보았던 석상들이
하나같이 슬픔에 차 있습니다
가로등이 빛나고요 물결이 빛나고요
수천 년 전의 다리가 수천 년 후에 서 있습니다

수천 년 전의 성에서
수천 년 전의 다리를

수천 년 후에 내려다봅니다

수천 년 전의 도시가 빛나고요
얼마 전까지 살아 있던 사람들도 있고요
카페 테라스에서는 맥주를 마십니다

만개

강물을 보기 위해 창밖으로
상체를 내민다

맞은편에는 공사 중인 건물
그곳은 곧 교회가 될 것이라고 했다

나는 늘 이런 곳을 원했지
창이 커다랗고
빌딩들이 늘어선 곳

강 근처에 사람들이 붐빈다
피었다가 지는 꽃이 만개한다

*

종생기는 이상이 아니라 김해경이 쓴 것이라고
처음부터 나는 이 말을 믿지 않았다
믿지 않는 생각들이 피로처럼 덮친다

강물 근처에 사람들이 붐비고
생각들이 빌딩을 덮친다

오후 세 시
해가 잠깐 들어왔다가 나가고

*

공사 중인 이웃을 원하지는 않았지만
그것은 언젠가 끝날 것이다

화병이 있는 창가

공사가 끝나자 미끈거리는 은회색 빌딩 표면이 온갖 것을 비추고 있다
맞은편 커다란 창 안쪽에는 기다란 책상과 소파, 화병
조화를 조립하다 말고 창밖을 보는 사람

미끈한 표면들이 반사를 거듭하고

모든 것을 들켜 버린 도심에 노을이 진다

서울, 또는 베를린의 겨울에 대한 생각

그 애에게 편지를 쓰려고 마음먹은 날
머릿속에서 짧은 문장 몇 개를 정갈하게 배열하고
바닥을 닦았다

겨울에 그 애는 추울 것이고
보온병 같은 것에 차를 따라 마시기도 하겠지

머릿속에서 문장 몇 개가 얌전히 앉아 있던 날
눈보라 속에 미세 먼지가 섞여 오던 날
전기와 가스를 아끼기 시작하던 날
누군가 피 흘린 흔적이 눈길에 스며 있던 날
사람들이 모이던 날
여전히 휴전인 날
나무가 많은 날
벽보들이 나뭇잎처럼 많은 날
베를린에서 머무른 이래로 그 애는 단 한 번 서울로 왔지만
이제는 멀리서 서울의 날씨를 궁금해하는 날
베를린 하다가 베를렌느 하는 날

외파음을 발음하는 날
차갑게 번져 가는 날

겨울에 그 애에게 편지를 쓰려고
바닥을 닦고
거리를 걷는 일을 계속하였다

우리의 숲은 끝나지 않는다

그해 여름에 우린 좋았어요 아무것도 오지 않았죠 비도 눈도, 매주 한 번씩 과일과 채소를 배달해 주던 사람도, 다음 주말엔 오겠다고 전활 걸어온 이모나 고모, 삼촌들도

깊은 곳도 아니었는데 우린 꼭 그 숲에 갇힌 사람들처럼 식량을 아끼고 전기를 아끼고 수도를 아끼며 지냈어요 아버지와 동생들이 산책을 나가고 나면 이제는 쓰임이 없는 우물 앞에 서서 당신과 난 꼭 물이 차오르진 않았나 확인을 했죠 그건 우물이 아니라 깊은 덫이었을지도 모른다고 우린 나중에 이야기했어요 보이지 않는 저 깊은 곳에서 우리가 본 적 없는 아름다운 동물들이 쓸쓸히 죽어 가고 있을지 모를

여름이 한창인데도 당신은 겨울을 걱정했어요 우리의 모든 것이 너무 얇지 않느냐고 나는 꼭 성인처럼 당신께 말했어요 무심해야 단단해질 수 있는 거예요. 아버지는 동생들과 돌아온 저녁이면 가방을 풀어 몇 가지 열매들을 꺼내 놓으며 그날 본 길들에 대해 이야기했어요 북쪽의 자작나무 숲을 오랫동안 바라보면 길이 여러 갈래로 변하는 착시가 생긴다든지, 남쪽 관목 숲으로 난 길의 흔적은 바다

방향으로 흐른다든지, 그런 것들을 몰라도 우린 언제든 여기서 나갈 수 있다고 당신은 말하곤 했죠 아직은 모든 것이 남아 있는 여름

그 무엇인가 올 것도 같았는데 당신은 단지 비를 기다렸나요 전설처럼 이 숲에 남아 쓸쓸해지고 있다고 생각했나요

아버지가 오래 다듬어 놓았던 길로 걸어 나가서 수북한 식량들을 가지고 돌아왔을 때 생각했어요 기다리는 것은 오지 않는다고 모두가 단단해져 가는 동안 오로지 엷은 피부의 당신만이 이토록 수북하게 마음을 들여 이 여름을 연장하고 있다고

어느 날 꾼 꿈속에서 우물 속으로 들어간 당신은 비밀을 발견한 것처럼 저 깊은 바닥에서 외쳤죠 우리의 숲은 끝나지 않는 것이란다, 끝나지 않는 동안 숲이야. 잠에서 깨었을 때 처마에서는 고여 있던 빗물이 툭툭 떨어지고 있었어요

젖은 땅에 선 당신의 얼굴

그해 여름이었어요
좋았다고 이야기하게 될

네가 잠든 동안

드문드문 너를 보는 일
그리워하는 일
유행이 지난 일

모두가 퇴근한 신문사 빌딩의 한 구석에서 너는 신문을 오려 붙이고 있었지만
그것은 취미가 아니라 밥벌이라고 말했던 일 신기하게도
스탠드 빛이 너의 구역 내에만 머물던 일

아직도 그런 일이 밥벌이가 되느냐 묻자
신기하게도 아직은 그렇다고 말하던 일

너의 큰 키를 가늠해 본 적 없지만
너는 더 자랄 것 같았고
좁은 구역에 쏟아지는 조명이 뜨거워 보이기도 했는데

그 안에 무엇이 들어 있나 묻지 않았지
그 뜨겁고 차가운 곳에 머물 수 있는 것을

너는 읽다 만 책을 펼친 채로 엎어 두고
그 옆에서 엎드린 채 잠이 들어

내가 오는 줄도 가는 줄도 모르고
시계가 고장 난 것도 모르고
세상이 끝난 것도 모르고

엎드린 채로 영영 자라고 있다

너는 길게 구부러진 마디들이 되고
공룡의 뼈처럼 거대해지고
규칙적으로 호흡하며 성벽들을 무너뜨리고 있다
엎드린 채로

네가 잠든 동안
네가 잠든 동안

그곳에 가지 못한 날

내가 그곳에 가지 못한 어느 날
아카시아 등나무 아래서
밤의 횡단보도에서
졸음을 참으며 기다리던 너를 지나친 날

네게 줄 것을 찾지 못해
당분간 너를 못 본 척하기로 마음먹은 날
지하철 역사에서
아파트 입구에서
나를 위해 고개를 숙여 주는 너의
머리 목 손 발 시계 가방을
마음 놓고 바라보기도 하던 날

투명하게 앉아 있는 너를
끝내 찾지 못하기도 하던 날

마침내 우리가 서로를 만질 수 없다는 것을 알아차린
어느 날

옆구리에서 파닥이는 것이 있어 고개를 돌리니
털이 길고 반짝이는 기러기들이
쏟아져 나와 날아가고 있다

어디로 가는 걸까

*

아픈 뼈를 기러기에게 주고
싱싱한 뼈를 돌려받는 꿈을 꾼다

싱싱한 기러기가 된다

의자 머플러 밤

의자에 머플러가 걸려 있다
걸려 있다가 길처럼 흘러와서 목을 감는다

머플러에 감겨 있는 밤
머플러 속에서 침묵하는 밤
침묵 속에서 당신이 꾸던 꿈을 이어받는 밤
모두의 머플러 끝이 연결된 건 아닐까

가늠되지 않는 밤
의자에 걸린 머플러를 조용히 바라보는 밤

사진 속에서 아버지는 늘 학사모를 쓰고 있는데
왜 그렇게 목이 길어 보이는지 알 수 없는 밤

수화기 저편에서 당신은 친구가 죽은 밤 벽제로 간다고
벽제 벽제 하니 친구가 정말로 죽은 것만 같다고

뚜뚜뚜—
하니 벽제로 간다는 네가 사라져 버릴 것 같은 밤

사라지지 않아, 하고 말하려는데
목을 꾹 누르며 가다듬는 밤

의자에 감겨 있는 밤
낯선 길 속으로 걸어 들어가는 밤

잠겨 있는 당신의 밤에 대고
벽제— 벽제— 발음해 보는 밤

탐험

우린 끝까지 걸었다

대륙의 북쪽 지점에 이르렀을 때 제설차가 지나가는 것을 보았고 마을에 인접해 가고 있다는 것을 느꼈다 카페에 앉아서 하루와 일주일을 망치며 보내던 가을들이 떠올랐다 우린 이제 몸에 대해 더 이상 생각하지 않았다 지치고 피로하고 동상에 걸리거나 살갗이 터진 몸 그런 것들이 지속되자 우린 카페에서 그랬듯 아무렇지도 않게 망쳐 버렸다

헬리콥터가 낮게 날아다녔다 눈이 그친 육지 끝에 흔적들이 보이기 시작했다 설명할 수 없는 향기들이 마비된 우리를 서늘하게 스쳤다 먼 바다로 간 적도 있었다 비행기도 헬리콥터도 날아다니는 시대에 어부가 되지 못한 우리가 갈 수 있는 가장 먼 바다 커다란 배는 시간의 경계 없이 까맣고 적막했다 유지 가네코에게 물었다 너희 나라에서 사람들은 자연에 대해 어떻게 생각하는가 그가 대답했다 우리는 망쳤고 우리는 아무렇지도 않다

동상에 걸린 채로 도착한 때는 새벽 세 시가 조금 넘은 시각 지붕이 뾰족한 집들이 모여 있는 마을이었다 유지 가

네코는 먼 바다를 잊지 못했고 동상에 걸린 손과 발 터진 곳이 다시 얼었다가 터져 버린 볼을 잊어버렸다 너희 나라에도 이런 곳이 있지 않는가 온천도 있지 않는가 그가 대답했다 그곳에서 태어났고 두 달 후 동경으로 옮겨졌다고 거긴 이곳처럼 도로가 많지도 넓지도 않다고 온천이 있지 않는가 그가 고개를 끄덕였다

제설차 한 대가 지나갔다 오는 길에 본 적이 있는 그 차일까 유지 가네코가 내 쪽을 향하여 눈을 마주쳤다 내가 고개를 끄덕였다 차갑고 무거운 어스름이 주변을 맴돌고 있었다 목적지가 가까워질 무렵 우린 어떤 소설의 결말에 관해 이야기했다 고흐의 감자 먹는 사람들이라는 그림에 결말이 있다면 바로 그런 것이 아니겠는가 유지 가네코가 말했다 내가 고개를 끄덕였다 당신과 나는 이제 곧 따뜻한 곳에 도착할 것이다 그곳으로 가면 맨 먼저 여러 겹으로 터진 우리의 살갗이 녹으면서 여러 겹의 피와 여러 겹의 진물이 여러 겹의 시간에 따라 흘러내릴 것이다

여러 겹의 끝을 지나서 그가 물었다 당신에게 이 꿈은

무엇인가 나는 구부러진 등을 세웠다 그리고 말했다 의사가 나의 척추에 대해 설명해 준 적이 있다 아래에서부터 왼쪽 오른쪽 왼쪽 오른쪽으로 번갈아 휘어진 측만증 상태에 대해서 그가 고개를 끄덕였다

우린 끝까지 걸었다 날은 저물어 가고 있었고 유리창 너머로 노란 등이 매달려 있었다

여기가 끝일까 유지 가네코가 나를 바라보았다 나도 그를 바라보았다 우린 그곳에서 멈추었고 그곳으로 들어갔다

식탁에 저녁이 켜져 있었다

봄날

옥상에는 아이들이 뛰어놀고 있었다 폐타이어였다 누가 저걸 저곳까지 옮겨다 놓았을까 나는 막연히도 아버지의 은밀한 행동이리라 생각했다 그렇지만 그가 과연 저것을 번쩍 들어 올렸을까 그가 근육들에 의지하며 계단을 올랐을까 허리를 굽힌 채로 땀을 흘렸을까

5시 44분 이상한 시각이었다 고양이가 아직 울고 있다는 걸 알고 있으면서 아무런 소리도 없음을 듣는 순간 혜화는 엄마가 불러서 집으로 갔고 나는 옥상에서 홀로 타이어 위에 앉아 있다 해가 지고 있다 아무도 날 부르러 오지 않는다 아무도 날 부르러 올 필요가 없다 난 우리 집 옥상에 있으니까 그렇지만 아무도 옥상에 앉아 있는 날 상상하지 않는다 처마에 제비 집이 있었지 나는 귀신이 되어 버린 것만 같고

아버지가 무언가를 번쩍 들어 올린다는 건 아무래도 상상하기 어렵다 이 타이어는 아버지의 것이 아닐 것이다 이 타이어는 우리 집 자동차보다도 오래되어 보인다 정체불명의 오래된 타이어에 앉아서 해가 지는 것을 본다 아버지는

이미 오래전에 이곳을 떠났고 깊은 밤이면 돌아오기도 한다는 걸 아무도 모른다

저녁이면 밥 짓는 냄새에 이끌려 집으로 돌아가는 아이들 그런 아이들이 섬뜩하고 그런 아이들의 집마다 옥상이 있지만 폐타이어가 올려진 집은 우리 집밖에 없고 그렇지만 우리 집은 얼마나 평범하고 조화로운 녹색 철제 대문을 가졌는가

나는 계속 상상하고 싶었다 모든 것을 동원했지만 잘 되지 않았다 그 후로도 시계를 보았고 시간은 시계 바깥에서 집을 짓고 그런 곳으로 아이들이 한 명씩 옮겨지고 있는 날들

섬

돌아오지 않는 보트를 위해
안전요원들은 먼 바다로 나갔다

섬들 사이를 헤치고 나간 사람들이
다시 섬들 사이로 돌아올까

흐린 날 해변에는
섬 하나
섬 둘
이륙 직전의 비행기

*

저 비행기는 우편물을 싣고 날아오를 것이다
수면 위를 활주하여 지중해나 대서양을 건널 것이다

그러고 나면 바람이 사람을
밀물 방향으로 밀어내겠지

섬들도
섬들 사이를 헤치고 나간 사람들도

동력이 소진된 보트 속에 갇힌 채
먼 바다 끝에서 흩어지는 태양을 막막하게 바라보겠지

*

사람들이 몰려들고 있다 앰뷸런스 소리가 노을처럼 퍼진다
이 노을이 끝도 없이 이어질 것이다

흐린 날 해변에는 섬 하나 섬 둘
이륙 직전의 사람들
이륙 직전의 석양이

서쪽으로
밀물 방향으로

기린 산책

고개를 뺀다면
기린처럼 되어야겠지

강가로 갈 거라면
몸을 접고 앉을 각오로
저물녘 강물을 보기 위해 몰려든
구경꾼들 틈으로 구경꾼이 되어야겠지

회사원이라면 양복을 입을 각오로
옷장을 열어야 하겠지만
너는 펑크 밴드 보컬 차림을 했구나
자랑스러운 내 친구야
커다란 회사에 다니는 기타리스트야

아무런 각오 없이 나이 든 친구야
각오 없이 사는 것처럼
용기 있는 일이 있을까

우린 말 없이 걷다가

강가에 앉는다

조금씩 희미해지다 보면
근육의 흔적도 모서리의 흔적도
남지 않을 것이다

물고기처럼 매끈해져서 헤엄을 쳐야 할까

우린 등을 접고
고개는 기린처럼 빼고서
강가에 앉아 생각한다

아무 데나 깡통을 던지지도 않고
길거리에 침을 뱉지도 않고
기꺼이 공포를 주머니에 넣으며

흐린 날 오후 앉거나 걷기

나는 무릎을 살짝 떨어뜨리고 앉았다
편한 일이다

낙성대를 지나고
사당역을 지나

나는 이제 무릎을 얌전히
붙이고 있다

서쪽 하늘에 비행기

나는 나를 뺄 수는 없다고 생각한다

서초역을 지나고 방배역을 지나서
나는 내린다

사람들이 제각각
길거나 짧게
걸어가고 있다

자전거 여행

무너진 국경을 바라보며 K가 말한다 이젠 자전거를 타고도 건너겠다고 그렇지만 이곳엔 자전거도 없고 길도 없이 허물어진 콘크리트뿐이다 이건 단지 단단했던 한 벽이 물리적으로 무너진 거야. S가 말한다 그것은 다른 문제인가 같은 문제인가 그것은 질문인가 대답인가 생각하는 동안 아이들이 앞서 걷고 K가 다시 말한다 난 국경이 정말로 이렇게 벽으로 이루어져 있을 줄 몰랐어. 정말이야. 그냥 지도에만 선 그어진 게 아니었어? 실제로는 모두가 평평하고 매끄러운 땅이 아니었을까. 그러자 다시 S가 말한다 그러니까 이건 실제로는 국경이 아닐 거란 말이야. 국경은 지도에 있지, 이런 벽으로 된 게 아니야.

그럼 뭐지? 이 콘크리트 더미는? 생각하는 동안 붉은 흙으로 이루어진 길이, 그다음엔 멀리에 철조망이 서 있는 길이, 그다음엔 무장을 한 사내들이 서 있는 길이 이어지고

우린 다시 단단했던 한 벽에 대해 생각한다 이젠 자전거 탈 수 있을까? K가 말한다 추억 속에서 포도(鋪道)가 펼쳐지고 멀리에 극단적인 생각을 공유하는 듯 보이는 사람들이 검은 천으로 얼굴을 감싼 채 누군갈 기다리고 있다

폭설

당신이 머물다 온 곳에서 사람들은
좋은 단어를 사용한다 했다

좋은 단어를 사용하면
좋은 사람이 된다고 믿는

이국의 언어 근처에서
이방인처럼

좋은 단어에 대해 생각해 보려고 했다

*

집으로 오는 길에
배가 고파서 더 이상 생각을 할 수가 없었다

나는 이제
밥을 먹고 체조를 하면서
옥상으로 간다

해가 지고 불빛들이 늘어나는 것을 본다
느릿느릿 달리는 버스도
눈길에 미끄러져 깔깔거리며 일어나는 사람들도

당신이 머물다 온 곳에서 눈은
모든 걸 가두어 버리는 것이었다지만
이곳에서 폭설은
좋은 것이라 해도 되겠지

*

어깨에 눈이 쌓여 간다

버스가 사라진 길 위로
다시 버스 한 대가 지나가고
버스 두 대가 세 대가

지나간다

해변 속의 너

해변이라는 말이 좋다고 말하며 너는 해변을 걷는다

해안선을 따라 등이 굽은 너
너의 방처럼 모호하고 가까운 너

나는 전화기를 붙잡고 넓고 검은 해변을 걷고 있는 너에게 말한다
네가 보여!

그러자 너는 말한다
어디에서?

해변 속의 너는
해변 속의 너를 내려다볼 순 없겠지

나는 창을 열고 팔을 내밀어
손을 흔든다

해변이 있고

해변 속의 네가 있고

어둠 속에서 우두커니 너는 전화기를 떨어뜨리고

브라티슬라바

브라티슬라바에서 온 그의 머리가 하얗게 세었다 그는 브라티슬라바의 긴 벤치에 앉았고 담배에 불을 붙이며 사람들이 지나다니는 것을 보았고 한 개비를 태우는 동안만 애인이 걸어오는 모습을 상상했다 돌아와서는 옆으로 눕혀진 채 버려진 대문과 눈 쌓인 발코니 바닥에 오래된 낙엽들이 응고되어 있는 것을 보았다 믿을 수 없는 일이었다 그런 지명을 가진 장소가 실존할 리 없는데

우린 브라티슬라바에 대해 이야기하기로 했다 말하기 전엔 대단히 추웠는데 말하려는 순간엔 따뜻한 선술집에 들어가 버렸기 때문에 브라티슬라바에 대해 말문이 막히고 말았다 브라티슬라바, 그가 단지 입을 벌렸다 그러자 소리 없이 색이 분명한 애벌레들이 천천히 무리 지어 나오기 시작하였다

■ 작품 해설 ■

그 말(빛)이 시간 속에 삶을 깃들게 하였다

송종원(문학평론가)

0

영화감독 안드레이 타르코프스키는 자신의 책 『봉인된 시간』(분도출판사, 2005)에서 영화의 특별함을 설명하면서 그것이 시간을 포획한 특성을 강조한다. 그가 보기에 영화는 시간을 직접적으로 사로잡은 것은 물론이거니와 시간을 반복 가능한 것으로 만들었다는 것이다. 덧붙여 그는 조각가가 마음의 눈으로 자신이 만들어 낼 작품의 윤곽을 보고 질료에서 불필요한 부분을 제거하듯이, 영화 또한 삶의 사실들로 이루어진 거대한 혼합물 속에서 불필요한 것들을 제거하고 영화의 요소가 될 것만을 남긴다고 말했다. 이 말은 앞선 말과 연결 지어 생각하는 과정에서 오해를

부를 수도 있다. 흘러가는 시간 속에 진정 시간으로 다뤄야 할 부분이 따로 있다는 말처럼 들릴 수 있기 때문이다. 하지만 그보다는 시간성을 강력하게 실감 나게 하는 삶의 사실들을 영화가 재구성한다는 뜻으로 이해할 수 있겠다. 타르코프스키의 말을 한 번 더 빌리자면 영화적 형상이란 그 본질상 시간 속에 안주하고 있는 현상을 관찰하는 것이며, 영상은 시간 속에서 살아 있어야 할 뿐만 아니라 시간 역시 영상 속에서, 처음부터 모든 장면들 속에 살아 있어야 한다.

영화 이야기를 먼저 꺼내 든 이유는 김이강 시의 특성 때문이다. 그녀의 시가 영화와 가까운 자리에 있는 듯 보이는 이유는 무엇일까. 이번 시집에서 시인은 때때로 정말 영화관의 이야기를 쓰기도 하고 영화관 입구의 장면을 그리기도 하며, 또 영화 대사 같은 것을 시 속에 들이기도 하고 특정 영화를 떠올리는 이미지를 사용하기도 한다. 하지만 그보다 더 결정적인 것은 시 속에 시인이 빛을 다루는 방식 때문이다. 그녀의 시에는 시간을 매개하는 빛이 작용하며 그 빛들이 만들어 내는 독특한 무늬가 시를 전개하고 확장한다.

1

빛과 어둠은 영화의 장면과 장면을 연결하며 내적 논리를 만드는 중요한 기제로 작용한다. 또한 빛의 움직임에 따라 감지되는 사물들의 미세한 변화를 포착하는 일은 현실의 가시화를 확장시키는 역할을 하기도 한다. 이는 달리 말하면 영화의 빛이 현실을 서사화하는 방식 너머의 이미지화하는 방식을 가능하게 한다는 설명이기도 하다. 김이강의 시에서 빛과 어둠 역시 영화의 그것과 유사한 역할을 한다. 덧붙여 이 시집에서 빛과 어둠은 시적 에너지의 발산처로 기능한다. 빛이 있는 곳에서 언어가 오고 어둠이 있는 곳에 이미지가 놓인다.

여러 겹의 꿈으로부터 여러 번 탈출에 성공한 네가 내 곁으로 다가와 앉았다. 이번 것은 내 꿈이야. 나는 생각했지만 아무것도 통제할 수가 없었고. 검고 하얗고 고요한 너의 윤곽 안으로 한 번도 본 적 없는 무늬들이 가득 찬다. 피부일지도 옷일지도 모를 무늬를 접었다가 편친다. 태양이 밀려드는 바다. 너는 눈을 감는다. 나는 네가 노래하는 것을 들을 수 있다. 너의 목소리 속에서 슬프고 아름다운 이야기들을 발견해 낼지도 모른다고 생각한다. 그렇지만 태양이 밀려드는 바다. 너는 말이 없고 너는 눈을 뜨지 않고 너는 자꾸만 내 주변을 맴돌아 붉게 물들이고 있다. 네가 밀려드는 바다. 그런 바다는

새롭게 쓰여지고 괴로운 역사처럼 거듭되지만

태양이 밀려드는 바다. 눈을 감으면 밀려들어 온다.

나는 이 꿈에서 탈출하지 않는다.

—「태양이 밀려드는 바다」

"검고 하얗고 고요한 너의 윤곽". 이 시를 영화와 견주자면, 저 윤곽이야말로 영화적 캐릭터가 창조되는 순간이다. 이 캐릭터를 현실 속의 한 인물로 특정하는 일은 부질없다. 윤곽을 채우는 다양한 무늬들이란 말과 여러 겹의 꿈이란 말이 암시하듯, "너"라는 캐릭터는 다양한 인물과 여러 차원의 시간이 중첩된 형상임을 알 수 있다. 아니, 그건 때론 형상이면서 때론 시간 그 자체이기도 하다. 태양의 조명 아래 파도처럼 계속 밀려와 노래를 부르는 이미지는 의미로 통합된 형상이 아니라 일종의 운동 과정에 있는 이미지이다. 그것은 시인이 적은 대로 "슬프고 아름다운 이야기"와 거리가 멀다. 운동 중인 이미지는 대상화나 서사화로부터 한 발짝 비켜서 끊임없는 찰나의 변화를 시에 새길 뿐이다.

눈을 감고 노래를 하는 것은 너이지만, 이 너는 나와 가까이 있는 것은 물론이고 나와 공명하는 듯 보인다. 너가 물들인 감정과 전율에 나 또한 속해 있으니 어쩌면 둘은 둘이면서 하나일 것이다. 경계를 지운 채, 서로의 윤곽도 잊은 채, 하나로 고요히 들끓고 있는 둘. 이 들끓음은 일회

성이 아니다. “그런 바다는 새롭게 쓰여지고 괴로운 역사처럼 거듭되지만”이라는 표현이 아니더라도, 삶의 시간은 저 많은 캐릭터들을 무수히 생산하는 과정에 가까우리라는 것을 예측하기란 어렵지 않다. 김이강의 시는 그 무한의 시간에 잠기는 일을 꿈꾸고 실행한다. 그래서 그녀의 시에서 바다는, 또는 그 바다와 유사한 자리들은 잠재된 징후들이 끓어 넘치는 장소로 탄생한다. 그곳에 가면 우리는 새로운 윤곽 속으로 용해되어, 다른 모습으로 다른 꿈을 꿀 수 있을까. 시인은 묘하게도 거기에 ‘괴로운’이라는 말을 새겨 놓았다. 아마도 시인은 무한으로의 열림으로서의 사건성을 지닌 시간이 현실 속에서 그리 쉽사리 열리지 않는다는 사실을 따로 강조하고 싶었던 것은 아닐까. 무한은 무한 속에서 쉽게 열리는 것이 아니라 유한 속에서 어렵게 열리는 사건에 가까울 테니 말이다. 그 고난을 배제하지 않는 일이야말로 시의 윤리이기도 하다.

이웃들이 왔을 때 나는 어둠 속에서 토마토를 다듬고 있었다 거대한 어둠이었다 토마토는 익히면 무언가 강력해진다고 어디선가 들었던 일을 떠올렸고 프라이팬이 있고 잘 구워져 부드럽게 핏빛이 도는 고기가 있고

어둠 속에서 토마토를 다듬다가 엄지손가락을 베었지만 그것은 아무 일도 아니었다 이웃들이 우산을 쓰고 두루마리 화

장지를 들고 오고 있다는 것을 까맣게 모른 채 나는 엄지손가락을 닦았고 빛이 있고 어둠이 있고

어떨 땐 토마토도 핏빛도 모두 검어지는 어둠 그런 어둠을 뚫고 마침내 식탁이 완성되고 우산을 털며 내 이웃들이 도착했을 때

양초가 켜지는 가운데
우리들의 얼굴이 반짝거리는 가운데

어둠 속에서 우리는 각자 남쪽으로 동쪽으로 그리고 서쪽으로
고개를 향한 채 거대한 접시들이 녹아내리는 광경을 바라보고 있다

—「낮과 밤 그리고 멈추어지지 않는 것들」

빛과 어둠이 하는 또 하나의 역할은 그들 아래, 혹은 위에 있는 질료 자체의 질감을 더욱 생생하게 만드는 일이다. 김이강의 시에서 어둠은 우리가 시 속의 질료와 분위기 속으로 더욱 몰입하게끔 유도한다. 좀 더 풀어 설명하자면, 어둠은 우리를 자신의 내부에 몰입시키는 역할을 하며, 동시에 즉물적인 사물과 시의 세부 이미지들을 그러모으는 기능을 한다. 극히 물질적인 어둠은 의미적 기호로 단번에 파

악되는 것을 거부하기 때문에 그것에 감싸인 세부들을 더욱 또렷하게 들여다보게 하는 기능을 더할 뿐 아니라, 안정화된 일상의 감각을 흐트러뜨린다. 역설적이게도 세부가 도드라질수록 우리가 더 예민하게 감지하는 것은 세부를 끌어올리면서 흔드는 바탕이기도 하다. 그래서인지 김이강의 시는 큰 사건을 다루는 일이 거의 없지만, 시를 파고들어 읽다 보면 복잡하고 거대한 무언가가 불안하게 감지된다.

색감과 열기, 그리고 어떤 촉감들. 이 시에서 어두움은 저와 같은 감각들이 개화하는 밑바탕에서 끊임없이 요동친다. 이 밑바탕 덕분에 시는 색감의 리듬을 타고 평범한 일상에 숨겨진 극한 변화를 그릴 수 있으며, 그 일상 너머가 아닌 일상과 밀착해 있는 어떤 신비로운 움직임을 가시화한다. 독자의 입장에서 보자면 이 어둠은 독자의 주체성을 흔드는 면이 있다. 독자는 어둠의 이미지 앞에서 초월적 위치에 자리해 그것을 조망하기 어렵기 때문이다. 독자는 저 이미지에 자신을 동일화하기보다는 자신의 모든 감각적 직관을 동원해서 그것에 다가가야 한다. 그러는 동안 시 속의 풍경은 단순히 풍경이 아니라 잠재된 몸의 기억이 자극을 받고 회복하는 결과를 산출한다. 결과적으로 독자는 시 속의 세부와 같이 자기 자신에게 예민해지면서, 자신 안에 잠재된 격변을 감지하게 된다. 이를 삶의 내적 리듬이라고 부르는 것은 어떨까. 그런 말이 가능하다면 사물과 기억들 사이의 내적 리듬을 회복하고 그것들의 관계성을 재가동

하는 과정, 이것이야말로 김이강의 시가 전개되는 방식이기도 하다.

사물과 사건은 어둠 속에서 소멸되는 듯하지만, 또 그를 넘어서는 어떤 지속이 개입하고 있음을 우리는 직감한다. 영원할 것 같은 무언가가 어둠을 만들고 그 어둠이 다시 어떤 영원성을 만든다. 그러니 김이강의 시는 빛으로부터, 그리고 어둠으로부터 얼마나 많은 것들을 생산하고 출현하게 하는가. 그녀의 시에서 빛과 어둠은 재현된 형상이라기보다 그 자체로 존재하는 물질적 에너지에 가깝다.

2

김이강의 많은 시편들은 장소의 표식을 드러낸다. 처소격 조사를 사용하여 장소의 입구나 장소로 향하는 제목의 시가 유독 많다. 부득이하게 장소라는 말을 썼지만 이 말을 오해해서는 안 된다. 김이강은 장소를 그리거나 특정 장소를 찾아 헤매는 식의 시를 쓰는 것이 아니기 때문이다. 그녀의 시는 장소와 시간의 결속을 해체하고 분해하여 장소를 깊은 불투명 속으로 이끈다. 무슨 말인가. 장소에서 소멸되지 않은 시간과 장소에 아직 도착하지 않은 시간들을 한 자리로 불러와 그곳을 감각의 이상한 출입구로 만든다는 말이다.

높은 곳에서 내려다보았던 다리가
앙상하게 빛납니다
물결이 빛나고요
가로등이 빛나고요
사람들이 걸어갑니다

높은 곳에서 내려다보았던 사람들이
동전을 던집니다
바닥에는 모자가 있고요
모자에는 동전들이 빛나고요
석상 하나가 슬픔에 차 있습니다

높은 곳에서 내려다보았던 석상들이
하나같이 슬픔에 차 있습니다
가로등이 빛나고요 물결이 빛나고요
수천 년 전의 다리가 수천 년 후에 서 있습니다

수천 년 전의 성에서
수천 년 전의 다리를
수천 년 후에 내려다봅니다

수천 년 전의 도시가 빛나고요
얼마 전까지 살아 있던 사람들도 있고요

카페 테라스에서는 맥주를 마십니다

—「다리가 있는 강가」

김이강의 시에서 우리는 독특한 시선의 반복을 확인할 수 있다. 이 시집에는 무언가에 사로잡힌 듯, 혹은 마치 자신을 불러 세우는 소리라도 들은 듯 시의 인물들이 고개를 돌려 올려다보는 행위가 자주 그려진다. 이 수동성은 작품의 흐름에 기묘한 정서적 연결성을 빚어내며, 동시에 뜻밖의 장면들을 시 속에 들이는 역할을 한다. 사소해 보이지만, 너무 사소하기 때문에 우리의 모습이 있는 그대로 드러나는 장면들을 시인은 힘을 뺀 손으로 툭툭 그려낸다. 무의미해 보이는 대화나 장면들이 시 속에서 힘을 얻어 하나의 엄연한 현실로 자리매김할 수 있는 이유가 여기에 있다.

「다리가 있는 강가」에는 흥미롭게도 올려다보는 시선이 아니라 내려다보는 시선이 그려진다. 그런데 이 내려다봄은 시선의 기능 면에서 올려다봄과 그리 다르지 않다. 그것 역시 어떤 이끌림에 사로잡혀 있기 때문이다. 이를테면 빛을 향한 이끌림. 이 작품은 빛을 발산하는 장면을 따라 전개되는데, 빛이 하나의 흐름을 자연스럽게 하지만 모든 흐름이 꼭 맞아떨어져 자연스러운 것만은 아니다. 수천 년 전과 지금의 순간이 교차하는 사이에는 어마어마한 비약과 단절이 존재하기 때문이다. 그러고 보니 이 시에서 빛의 흐름은 단순히 빛을 반사하는 반사체에 의해 유지되고 있다

기보다 다른 시간과 시간의 충돌로 말미암아 생긴 것처럼도 보인다. 어쩌면 이 장소가 시인에 의해 시의 자리로 옮겨 올 수 있었던 것은 저 시간의 깊이감 때문이었을 것이다. 시인은 결국 시간의 깊이감에 이끌려, 제 온몸을 기울여 그것을 내려다보는 것이다. 시간을 어긋낼 수 있는 장소, 아니 달리 말하면 어긋난 시간 그 자체가 출현하는 장소로 시인은 향해 있다.

어긋난 시간이 있는 곳에 뒤늦은 경험이 펼쳐진다. 들뢰즈가 『시네마 II: 시간—이미지』(시각과언어, 2005)에서 말했듯이 이 경험은 시간 속에서 발생하는 우연적인 사건이 아니라 시간 그 자체의 차원을 품고 있다. 그의 말마따나 제때 오지 않는 것은 역사와 자연의 구조 속에 들어 있기 때문이다. 김이강의 시가 특별히 찾는 자리는 바로 저곳이다. 제때 오지 않는 것들이 회오리치듯 몰려오는 그곳으로 시인은 간다. 그 과정에서 뒤늦은 경험을 시로 구현함으로써 삶의 복잡성과 모순을 가감 없이 마주하려는 태도에는 무심한 듯 뜨거운 시인의 정념이 작동하고 있다. 이 차갑고도 뜨거운 정념은 김이강의 시집을 읽으며 따로 기억해 둘 내용이다.

> 덜컹거리는 버스를 타고 도시를 달린다
> 양파를 얻으러 가는 길이었는데
> 도무지 정거장 이름이 생각나지 않는다

나는 다시 전화를 건다

엄마, 거기가 어디라고 했었죠?

예, 양파 얻어 오라고 하셨잖아요?

엄마에게 답을 듣고 끊었는데도

달리는 버스에서 내릴 수가 없고

벨은 닿지 않는 곳에 있다

다시 전활 걸어 볼까

맞은편에서 오는 버스 기사가

우리 버스 기사를 향해 손을 올린다

낮에는 구름을 구경했는데

밤에도 구름이 보여서 손을 흔들었다

—「정거장 가는 길」

어떤 시인의 말대로 버스를 타면 우리는 과거로 간다. 버스가 움직이는 리듬으로부터 회상의 입구가 열리자 시에는 아주 오래전 심부름을 가던 아이의 모습이 삽입된다. 아이가 전화기에 전한 말은 당시의 말이 아닐 것이다. 그것은 과거의 어느 시점에 이뤄지지 못한 말이었을 것이고 현재의 시점에서 새롭게 기원한 상태의 것이리라. 하지 못했던 말과 할 수 없었던 말이 뒤늦게 터져 나와 현재의 시간을 물들인다. 이와 같은 시간적 아득함과 야릇한 상실감은 김이강의 시를 자주 물들인다. 모호하지만 그렇다고 비현실이라 부정할 수 없는 무언가가 시 속에서 어른거릴 때마다 김이강의 시는 시간을 해체해 삶의 감각을 재조정하는 사건을 만든다.

대화 중에 엉뚱하게 튀어나온 듯 느껴지는 양파라는 사물을 파고들어 분석해 볼만도 하다. 왜 양파인 거냐고 묻는 일은 무용하다. 그보다 중요한 것은 그 사물이 일종의 클로즈업된 무엇으로 보인다는 점이다. 그것은 독특한 사물 이미지를 만들며 시간을 응축한다. 시간을 응축한 사물은 시의 이야기 속에서 도드라진 부감을 드러내며 이야기를 통해 해소될 가능성이 있는 상실감을 보존한다. 그러므로 그것은 사물인 동시에 일종의 시간 이미지인 셈이다. 저 이미지는 당신과 내가 상실한 무엇 내지는 도달하지 못한 무언가를 단단하게 알레고리화한다. 이처럼 엉뚱하면서도 기이한 사물—시간—이미지와 조우하는 일은 김이강 시를 읽는 큰 즐거움 중 하나다. 우리는 김이강 시의 곳곳에 저와 같은 이미지가 우리에게 손을 흔들고 있는 것을 발견할 수 있다.

3

이 글의 서두에서 김이강 시의 특성을 설명하며 빛이 있는 곳에서부터 언어가 오고 어둠이 있는 자리에 이미지가 놓인다는 말을 했다. 그렇다면 그 빛은 어디에서 오는가. 또 어둠은 어디로부터 기원하는가.

대낮 거리에 선 너의 목소리
깊고 넓었지
어깨가 잘린 채로 걸었지
소매는 없고
손은 더 없고
등 뒤에서
해는 따라오지
너는 따라오지
나머지 몸마저 잘리어 가는데
자꾸만 돋아나고
자꾸만 움직이는

깊고 넓었지
부수어진 나를
능숙하게 조립하는 너의 손

눈이 부셨지

—「The Typist」

김이강의 시답게 빛이 쏟아지자 "너"가 출현한다. 너는 우선 목소리로 나타난다. 그런데 깊고 넓은 목소리란 것이 존재할까. 대낮의 해가 발산하는 빛을 떠올려 보면 높이 떠 있고 널리 퍼지니, 깊고 넓다는 말과 어울린다고 할 만하다. 게다가 "해는 따라오지/ 너는 따라오지"라는 구절까지 같이 읽으면 너를 해와 분리하는 일이 불필요하다는 생각으로까지 나아가게 된다. 그 해로 인해 나는 어깨가 잘린 옷을 입고 있다. 어깨가 잘린 옷이니 당연히 소매도 없을 것이고, 손이 없다는 말은 어깨—소매—손으로 흐르는 연상의 결과로 보면 될 것이다. 어쩌면 그 연상은 자꾸만 돋아나고 자꾸만 움직이는 상상의 영역이라고 볼 수도 있다.

이렇게 보면 이 시의 표제작이기도 한 「The Typist」는 다소 심심해 보이는 작품처럼 읽힌다. 하지만 진정 심심하고 평면적인 것은 이 시를 현실의 재현으로 번역하는 저와 같은 해석의 방식일지도 모른다. 시인은 처음부터 우리에게 익숙한 재현과 해석의 언어와는 다른 언어를 사용하고 있었던 것은 아닐까.

> 오늘날은 거의 대부분의 경우, 언어는 더 이상 빛이 아니다. 언어는 단순한 조명에 불과하다. 언어는 빛 아래를 파고 들어가지만, 어디로 향해야 할지 스스로도 알지 못한다. 빛이 있어야 할 자리에 소리만 있으면, 말들은 서로 충돌하기만 한다. 소리가 빛을 대신한다. 파괴된 말, 말들이 만드는 소리는 그을

음처럼, 빛 없이 불안하게 펄럭거린다. (중략) 하지만 말은 빛이 되고 싶다. 말은 빛이기 때문이다. 빛으로 존재한다는 기쁨을 원한다. 말은 소리로부터 나와서 빛이 된다. 소리는 말 속에 빛으로 깃든다. 음성적인 것과 시각적인 것이 말 속에서 서로 중첩된다. (중략) 하나의 말을 들으면, 하나의 빛을 보는 것이다.*

막스 피카르트가 되살린 언어의 신비로움을 대면하고 나면 어깨가 잘리고 소매도 없고 손도 없는 것은 언어처럼 보인다. 단순히 재현과 해석의 도구가 된 언어가 그렇다는 말이다. 하지만 「The Typist」가 그려 낸 끊임없이 자라나는 어떤 움직임이 보여 주듯 언어는 도구의 차원에 사로잡힐 수 없다. 부서진 언어를 다시 깊고 넓게 회복하는 작업, 그를 통해 언어에 더 많은 가능성의 빛을 재구성하는 것, 김이강의 시가 그러하듯 시간 속에 삶을 깃들게 하는 일이야말로 시가 꿈꾸는 일이고 시인이 희망하는 일 아닐까. 『타이피스트』를 읽으며 그 눈부신 꿈을 타이핑하는 시인의 손을 나는 잠시 잡아본 듯도 하다.

* 막스 피카르트, 배수아 옮김, 『인간과 말』(봄날의책, 2013), 69~70쪽.

지은이 김이강

1982년 여수에서 태어났다. 2006년 《시와 세계》로 등단했다. 시집 『당신 집에서 잘 수 있나요?』가 있다. 제2회 혜산 박두진 젊은 시인상을 수상했다.

타이피스트

1판 1쇄 펴냄 2018년 8월 21일
1판 3쇄 펴냄 2022년 2월 15일

지은이 김이강
발행인 박근섭, 박상준
펴낸곳 (주)민음사

출판등록 1966. 5. 19. (제16-490호)
서울특별시 강남구 도산대로1길 62(신사동)
강남출판문화센터 5층 (06027)
대표전화 02-515-2000 / 팩시밀리 02-515-2007
www.minumsa.com

ISBN 978-89-374-0870-0 04810
978-89-374-0802-1 (세트)

민음의 시
목록